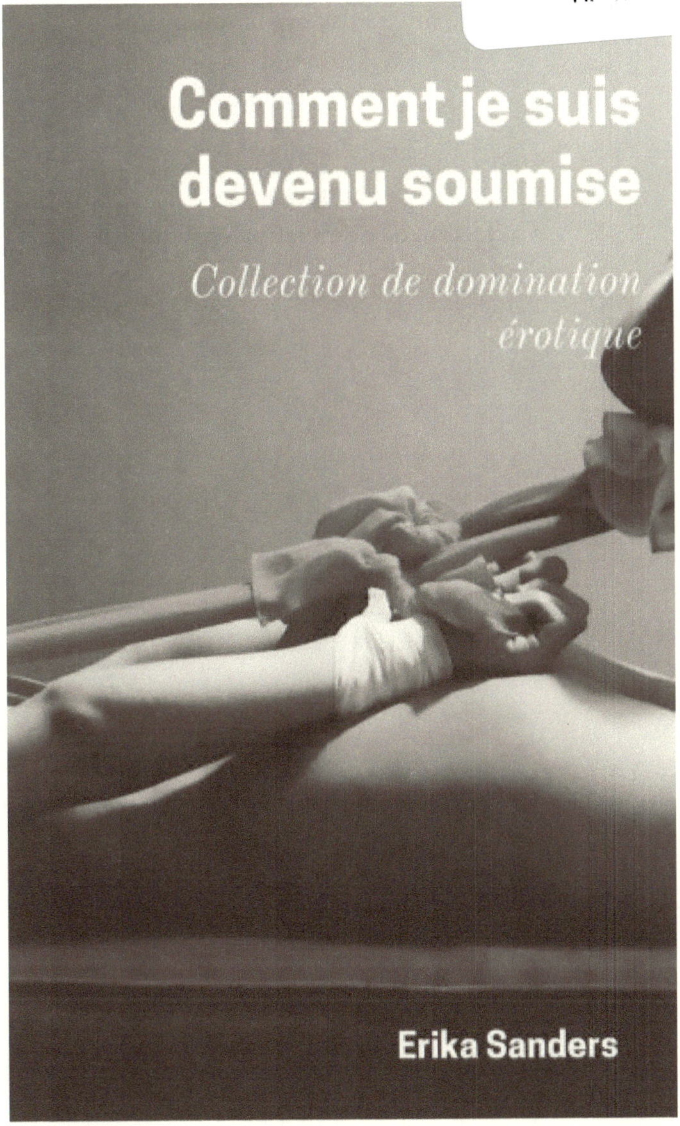

Comment je suis devenu soumise

Collection de domination érotique

Erika Sanders

ERIKA SANDERS

Comment je suis devenu soumise

Erika Sanders
Série
Collection de domination érotique

Synopsis

Dans cette histoire, je vous raconte comment j'ai commencé à explorer les sensations de soumission dans une relation sexuelle.

J'espère que vous l'aimez autant que j'ai aimé l'expérience et que vous pourrez vous la raconter.

Comment je suis devenu soumise est un roman à fort contenu érotique BDSM et, à son tour, un nouveau roman appartenant à la collection Erotic Domination, une série de romans à forte teneur en BDSM romantique et érotique.

Remarque sur l'auteure

Erika Sanders est une écrivaine internationale bien connue qui signe ses écrits les plus érotiques, loin de sa prose habituelle, avec son nom de jeune fille.

https://www.instagram.com/erikasamanthasanders/

Indice:

COMMENT JE SUIS DEVENU SOUMISE
POUR
ERIKA SANDERS

CHAPITRE I

Je gémis, tremblant en me réveillant.

J'ai essayé de rouler sur mon ventre, mais mes bras étaient épinglés au-dessus de ma tête, mes poignets attachés ensemble.

Mes jambes étaient dans une situation similaire, étirées ensemble, alors que je m'allongeais sur le dos sur le lit, les chevilles attachées.

C'était probablement la première fois que mes jambes étaient fermées depuis des heures.

Je me suis demandé combien de temps il m'avait laissé dormir.

Un rire profond est venu au-dessus de moi.

J'ai bougé la tête vers la gauche puis vers la droite, mais je n'ai rien vu parce que je portais un bandeau.

"Chut, chut, chut."

Des doigts rugueux et moites glissaient légèrement le long de ma joue, et je frissonnais.

« Tu es si belle, Erika, ma chère. Maintenant, détends-toi.

J'ai fermé les yeux, comme si cela faisait une différence, et j'ai pris une profonde inspiration.

J'ai un peu tremblé alors j'ai réessayé.

Quand j'ai pu inspirer et expirer sans que mon corps tremblait à cause de son contact constant, et des promesses cachées dans son ordre silencieux, je laissais ma tête tourner sur le côté, ma joue posée sur mon épaule gauche.

"C'est une bonne fille."

Ses doigts glissèrent le long de mon cou, puis sa main chaude prit ma joue en coupe.

Une douce odeur envahit mes narines.

C'était l'odeur d'excitation sur sa peau et mon excitation.

J'avais perdu le compte du nombre d'orgasmes que j'avais eu depuis que je l'avais rencontré.

Plus récemment, il avait caressé langoureusement ma chatte et mon clitoris en même temps avec ces mêmes doigts qu'il me touche maintenant, jusqu'à ce que je devienne un fouillis de membres et de corps tordus.

Après ma course, j'avais sécurisé mes poignets puis mes chevilles en m'endormant.

C'est peut-être le moment où vous devriez faire les bonnes présentations.

Je suis Erika.

Je suis un soumis, un soumis.

"Il" est Ben, mon Maître ou Dom.

Nous nous sommes rencontrés en ligne il y a deux ans dans un endroit où des personnes aux désirs sexuels pervers se rassemblent pour parler ouvertement de ces intérêts, plus communément appelés fétiches.

Je n'ai jamais été avec une personne qui partageait mes fétiches auparavant.

Bien sûr, j'ai eu beaucoup de relations sexuelles.

Mais c'était toujours ce que les pervers appellent "squishy": le sexe direct dans des positions normales.

Parfois, nous nous lancions avec un soixante-neuf si nous voulions tous les deux arriver en même temps à donner et à recevoir des oraux.

Mais je n'ai jamais vu quelqu'un me contrôler, me dire quoi faire.

Ou quoi ne pas faire dans d'autres cas.

Sans parler de l'esclavage, aussi léger soit-il dans notre relation.

J'étais aussi un peu curieux de l'obsession que les gens avaient pour la fessée.

Elle avait été timide au début, surtout après notre première rencontre en personne.

Il m'avait fallu des mois avant que je décide d'accepter de rencontrer Ben en personne.

La première fois que j'ai entendu parler de lui, c'était dans un groupe de discussion sur le site Web.

J'avais commencé un fil de discussion pour parler de la bonne façon de retarder un orgasme puisque mon partenaire voyageait et voulait utiliser mes propres mains pour faire le travail.

J'avais entendu dire que la gratification différée était très excitante, alors j'ai pensé que je ferais un essai pendant que je pratiquais.

Ben était la 11ème personne à répondre à mon fil et le seul homme.

J'ai failli rater ton commentaire parmi toutes les femmes qui m'ont donné des conseils ... et ont flirté avec moi malgré mon statut "hétéro" sur mon profil.

Ce qui ressortait le plus, c'était sa photo.

Contrairement aux images sur les profils de la plupart des hommes avec qui elle avait parlé ou consulté en cherchant des partenaires sexuels potentiels, sur sa photo, Ben n'était pas nu et il ne s'agissait pas d'une photo téléchargée sur Internet de la bite d'un autre garçon inconnu. .

Il s'agissait plutôt d'un dessin au crayon d'un lion avec un petit agneau endormi niché entre ses grandes pattes.

Plus tard, j'ai découvert que Ben l'avait dessiné lui-même.

C'était un protecteur, et c'est exactement ce dont j'avais besoin.

CHAPITRE II

La nôtre était une étrange relation à évolution lente car nous avions tous les deux nos partenaires respectifs.

Un petit message privé ici ou là.

Un commentaire sur des fils similaires ou sur un sujet que l'un de nous a commencé dans un groupe.

Et puis nous avons déménagé dans les salles de discussion.

Avec le discours est venu taquiner et flirter et finalement jouer au cyber-sexe.

Après environ huit mois, il a proposé que nous nous rencontrions en personne.

Nos rôles avaient été clairement définis dès le début.

Il voulait avoir le contrôle et je voulais être contrôlé.

Pas toujours au sens physique, mais aussi mentalement, parfois à travers des mots.

Oh le pouvoir des mots.

J'ai appris à avoir des orgasmes sans une seule touche.

Savoir de quoi mon corps était capable ...

Que la voix de quelqu'un d'autre puisse avoir un si grand effet sur moi ...

C'était incroyable.

Je me souviens très clairement du jour où nous nous sommes rencontrés personnellement.

Elle avait été nerveuse, attendant Ben dans le restaurant, assise dans une armoire à l'écart du reste des clients.

Le siège avait été l'un de ses premiers ordres.

Tout comme les vêtements qu'elle portait: un haut rouge et un pantalon noir.

Le premier montrait généreusement le décolleté entre mes seins, et le second, mettait en valeur mes fesses.

J'étais bien doté des deux côtés, et j'aimais les afficher, mais cela laissait encore beaucoup à l'imagination.

Ben m'avait dit de remettre mes cheveux en arrière.

J'avais choisi de tresser mes cheveux blonds au lieu de les laisser lâches en queue de cheval.

Nous avions échangé des photos personnelles donc j'avais une idée de ce à quoi cela ressemblait.

Pourtant, quand il s'est approché de la table, mesurant 1:80 ou 1:90 et pesant environ 200 livres dans un corps nettement imposant, j'ai haleté.

Il était beau.

Très beau.

Au moins pour moi.

Il était un peu en surpoids comme moi, mais ce n'était pas très évident.

Taille parfaite pour les câlins.

Son polo noir soulignait ses bras épais et j'avais hâte qu'il m'enveloppe.

Ses cheveux étaient foncés et, bien que courts, ils avaient une vague naturelle qui leur donnait une certaine texture.

J'avais levé les mains de mes genoux, voulant instinctivement passer mes doigts à travers ces jolies serrures.

Mais un éclair dans ses yeux m'a averti de résister à la tentation.

Oh ces yeux.

Ils étaient foncés aussi et correspondaient au brun chocolat de ses cheveux.

Et ils se sont concentrés directement sur ma bouche.

Je fermai la bouche, soudainement conscient que j'avais été béante, et lui souris.

Quand il me sourit en retour, ces yeux s'éclairèrent, fondant presque mes entrailles.

J'étais resté assis quand il s'est présenté et a tendu la main pour serrer la mienne.

C'était ma première soumission à lui en personne.

Ma vie n'avait plus jamais été la même après cette présentation.

CHAPITRE III

Nous avons attendu notre sixième rendez-vous avant de nous diriger vers une salle, mais même alors, nous avons tout recommencé malgré nos rencontres en ligne.

Ce n'était tout simplement pas la même chose, surtout pour quelqu'un comme moi qui n'avait jamais fait ça auparavant.

Je parle de me sentir mal à l'aise.

Mais Ben était, et est, un Maître très patient.

Il a pris son temps avec moi, m'apprenant à quoi tout cela ressemblait, comment les cordes étaient utilisées.

Eh bien, ceux-ci ne sont venus que quelques mois plus tard, mais vous voyez ce que je veux dire.

Ce soir avait en fait été mon idée.

Nous avions été occupés à cause de nos emplois et de nos relations respectives, mais par coïncidence maintenant, nous avons tous les deux eu le week-end entier.

Au cours de notre étrange relation, nous avons discuté en détail de nos propres désirs secrets.

Certains que nous n'avions jamais partagés avec personne d'autre auparavant, même sur le site Web où nous nous sommes rencontrés.

Je me sentais prêt à participer à l'un de mes projets, et Ben voulait me permettre cette expérience.

J'ai retenu mon souffle, attendant sa réponse.

En tant que maître, j'avais parfaitement le droit de refuser.

Cependant, à la fin, il ne l'a pas fait.

Pour lequel je lui avais permis de me baiser le cul, une de mes douces limites, en guise de remerciement.

Et il l'avait rendu assez agréable.

Assez pour que j'envisage de supprimer entièrement cette position de ma liste de limites.

Bien que j'accepte mon souhait, je savais que je devrais être patient pour que Ben décide si cela arriverait.

Il avait fallu plusieurs semaines avant qu'il prenne sa décision.

J'avais peur qu'il ait changé d'avis, mais ce matin-là, j'ai reçu un simple SMS qui disait:

"C'est ta chance. Chez moi à trois heures de l'après-midi."

Et donc notre réunion a commencé tôt.

J'avais littéralement été baisé dix fois de vendredi jusqu'à maintenant, et j'aimais chaque instant.

Et bien que complètement rassasié et endolori, je prévoyais quand même quand Ben tiendrait sa promesse.

Je ne doutais pas que je le ferais, mais nous avons eu tout le week-end, et ce n'était que samedi soir.

CHAPITRE IV

Et c'est pourquoi je suis ici comme ça.

La sensation puis le goût de son pouce effleurant mes lèvres ont ramené mon esprit au présent.

J'ai gémi quand il a poussé son doigt dans ma bouche et l'a frotté contre ma langue et mes dents.

Puis il l'a poussé dedans et dehors.

Le reste de mon corps tremblait et il se sentait jaloux, car il ne me touchait nulle part ailleurs que mon visage.

Cependant, quand j'ai commencé à sucer son pouce, mes mamelons se sont resserrés et mes muscles inférieurs se sont contractés.

Ce simple mouvement de sa part m'excitait.

Eh bien, cela et mon manque de contrôle d'être lié.

Sans parler du fait qu'elle était également complètement nue.

«Ouvre-le, Erika.

Il attrapa doucement mon menton et me tira vers le bas.

Je savais à quoi m'attendre avant de le sentir presser le bout de sa bite contre mes lèvres.

J'ai tiré la langue pour y goûter.

Elle avait déjà sucé sa bite, mais cette fois, elle était à genoux sur le sol entre ses jambes, les mains liées derrière le dos.

Il avait enroulé ma tresse autour d'une main et me tenait immobile tout en contrôlant la vitesse et la profondeur.

Il a lâché mes mains à la fin pour se faire caresser par tous avec mes seins.

Je pourrais passer toute la journée avec sa bite multi-texturale dans mes mains.

Une fois de plus, elle ne pouvait le toucher qu'avec sa bouche.

Et il avait l'avantage puisqu'il était au-dessus de moi.

Je me suis étranglé plusieurs fois quand il a essayé d'aller plus loin, mais sinon, cela a commencé comme une fellation légère.

J'aimais sentir l'épaisse raideur de sa bite glisser contre ma langue.

La pointe effleurant le fond de ma gorge.

La peau si douce qu'il la suçait.

Sa dureté générale poussant entre mes lèvres, recouverte de ma salive et de son liquide pré-éjaculatoire.

Je me concentrai sur la respiration par le nez.

J'aurais aimé voir son expression.

Je savais comment son front se fronçait au milieu alors qu'elle se concentrait à recevoir du plaisir d'elle et à s'assurer qu'elle était à l'aise avec le mien.

Cependant, le bandeau a limité ma vision en ce moment.

Alors j'ai plutôt imaginé son visage, son corps tendu.

Il a mis les deux mains sur le côté de ma tête et m'a maintenu immobile alors qu'il pompait lentement dans et hors de ma bouche.

"Moan pour moi salope."

J'ai obéi, sachant qu'il aimait les vibrations que mon son faisait sur sa bite.

Et tout le temps, mes seins bougeaient doucement quand il me berçait contre le bord du lit.

Au moins, j'ai supposé qu'il se tenait à côté du lit.

Ses cuisses fermes devaient heurter le bord du matelas à chaque poussée.

Sinon, il n'y avait pas d'autre explication logique sur la façon dont je pourrais obtenir le bon angle pour le coller.

Quelques minutes s'écoulèrent avant qu'il ne s'arrête brusquement.

Il savait ce qui allait suivre.

"Prends une bonne respiration profonde bébé. Tout pour toi."

Puis il a glissé toute sa queue jusqu'à ce que j'enfonce mon nez contre son groupe de boucles épaisses.

Ses couilles se sont nichées sous mon menton.

Soupirant, je refermai mes lèvres autour de sa queue.

Parmi les odeurs de sueur et de sexe, il y avait des traces de bois de santal.

Il vaporisait toujours une partie de son eau de Cologne autour de la base de sa queue avant de lui faire une pipe.

Nous avons trouvé que cela rendait l'acte plus agréable de ma part.

Une belle distraction quand il a enfoncé son nez dans l'aine pendant de longues périodes.

Après quelques coups, ses mains se sont crispées sur ma tête et il s'est arrêté.

Son sexe sursauta un moment avant que le liquide chaud ne remplisse ma bouche.

Soudain, des larmes sont apparues sur les bords de mes yeux et j'ai gémi.

"Avale-le bébé. Tu es une bonne fille."

Ben a grogné quelques fois et j'ai essayé de ne pas vomir quand il a fini.

Il y eut un doux son de «plopp» lorsqu'il sortit de ma bouche.

Il relâcha ma tête et je sentis la chaleur de sa présence disparaître.

Une main revint à l'arrière de ma tête, la soutenant alors que je la relevais.

"Ouvrez-le."

Le goût du soda était frais et agréable alors que je le plaçais autour de mes lèvres et le laissais glisser dans ma gorge.

Je n'étais pas très intéressé à avaler le sperme, mais je le faisais pour lui.

Et il m'a toujours récompensé avec un soda après.

Je l'aimais pour ça.

CHAPITRE V

Gardant la tête en arrière, il caressa ma joue.

Sa main trouva ma poitrine et la caressa

Un pouce effleurant mon téton, me faisant gémir.

Puis il se pencha et frotta ses lèvres contre les miennes.

Son souffle était chaud quand il parlait.

«Tu as été si bonne aujourd'hui, Erika. Je pense que tu mérites une petite récompense. Aimeriez-vous ça?

J'ai eu du mal à avaler alors que mon rythme cardiaque s'accélérait.

"Si j'aime."

"Très bien."

Il a laissé le bandage et mes poignets attachés, mais plus à la tête du lit.

Il a déboutonné mes chevilles, les massant en enlevant les attaches.

Puis il m'aida à m'asseoir et à m'allonger sur le lit pour que je me repose sur un oreiller et la tête de lit.

C'était si bon d'être touché, aussi bref soit-il.

Ce serait encore mieux s'il pouvait se tenir debout.

Mon dos est toujours devenu un peu raide après être resté trop longtemps dans la même position.

J'ai entendu les pas de Ben alors qu'il traînait ses pieds nus sur le tapis.

La porte grinça en s'ouvrant.

Le clic doux lors de sa fermeture.

Un cliquetis métallique comme une ceinture s'est défait.

Une fermeture éclair grattant lors de son abaissement.

J'ai entendu quelqu'un enlever ses vêtements.

Aucun mot n'a été échangé avec moi, mais ce n'était pas nécessaire.

J'étais un peu content.

J'avais peur que si l'un d'eux me parlait, je changerais d'avis.

Je me concentrai à nouveau sur la respiration.

Lentement vers l'intérieur.

Lentement.

Mes poignets reposaient sur mes genoux.

J'ai mis un doigt et j'ai joué avec les cheveux courts qui restaient sur ma chatte.

Cela m'a aidé un peu, cela m'a distrait et cela m'a aussi excité.

Et j'aurais certainement besoin de ce dernier pour ce qui allait se passer.

CHAPITRE VI

Quand une grande main a pris mon sein droit en coupe et l'a caressé, j'ai haleté.

Le lit bougeait quand quelqu'un s'assit à ma gauche.

Une autre main masculine a pris mon sein gauche en coupe, cette fois en le serrant.

«Détends-toi, Erika.

Le chuchotement de Ben dans mon oreille droite m'a fait frissonner le dos.

J'ai penché ma tête vers sa voix, et il m'a récompensé en poussant sa langue dans ma bouche pendant qu'il m'embrassait.

Ma tête bougea vers la sienne quand il s'éloigna.

J'ai gémi.

Je voulais tellement plus.

"Mets ta tête en arrière bébé."

J'ai obéi.

Je fermai les yeux, embrassant pleinement les sensations qui enflammaient mes nerfs, repoussant mes frustrations.

Une main caressait toujours chacun de mes seins, un pouce effleurait parfois mon téton.

Maintenant, les doigts montaient et descendaient aussi mon cou des deux côtés.

Un gémissement s'échappa lorsque deux paires de lèvres se pressèrent contre mon menton.

Quand deux langues ont légèrement touché ma peau et coulé le long de ma mâchoire.

Quand son souffle comme une brise chaude atteignit mes oreilles.

L'oreiller derrière moi soutenait mon cou alors que je penchais encore plus la tête en arrière.

Il devenait difficile de rester passif.

Je ne combattais généralement pas Ben, à moins, bien sûr, qu'il ne me dise que je pouvais répondre.

Mais maintenant avec deux amoureux?

Je me suis beaucoup contrôlé, mais mes doigts se sont tordus sur mes genoux lorsque mes tétons ont été soudainement pincés.

Mon corps s'est cambré lorsque mes doigts ont effleuré ma chatte et j'ai reçu une gifle.

"Patience, salope. Patience. Ces doigts encore."

Je me suis léché les lèvres au son décevant de la voix de Ben.

Je savais par expérience qu'il l'améliorerait un peu, tirant petit à petit mon plaisir.

Il a vraiment apprécié le jeu des sensations et il le savait très bien.

C'était ma punition pour la désobéissance.

Malgré ma curiosité, nous avons découvert que je n'aimais vraiment pas la fessée.

Mais en retenant mon anxiété de me libérer ... et une fessée m'a toujours rappelé de bien me comporter.

Au moins jusqu'à la prochaine fois.

Quelqu'un a levé mes mains encore liées et les a placées derrière ma tête.

Je dois être un spectacle pour eux: nus, les yeux bandés, les mains posées derrière ma tête, les bras sortant comme de petites ailes.

Ma nouvelle position poussait mes seins vers l'avant, et j'ai haleté quand une bouche s'est accrochée à un mamelon et l'ai sucé avant que le propriétaire ne bouge alternativement sa langue et mordille avec ses dents.

Le même processus s'est répété dans mon sein droit.

Je pouvais dire que c'était Ben au fait qu'il était un peu plus dur avec ses dents.

Il connaissait ma limite entre le plaisir et la douleur.

Je prenais de petites respirations maintenant alors qu'ils me mordillaient les seins avec juste leur bouche.

Cependant, ses actions sur mes mamelons ont voyagé profondément et directement vers ma chatte en la chauffant.

Je me concentrai sur les sons de sa respiration lourde et de sa succion humide.

J'ai attrapé ma tresse à deux mains, reconnaissante de pouvoir tenir quelque chose.

«Maintenant, Erika!

J'ai crié quand ils ont tous les deux mordu mes mamelons et un orgasme m'a déchiré.

La seule pensée dans ma tête était que je volais.

J'ai relâché la prise sur mes cheveux, laissant ma tête reposer une fois de plus sur mon épaule.

Haletant, je sentis les frissons se calmer lentement.

Vingt doigts glissaient maintenant le long de mes flancs et de mon ventre, effleurant de temps en temps le bas de mes seins.

C'était paradisiaque.

Ma respiration s'est arrêtée alors que les doigts se déplaçaient plus bas sur mes hanches puis sur le haut de mes cuisses.

Ils ont doucement écarté mes jambes et ont voyagé plus au sud jusqu'à mes genoux, mes tibias et mes pieds.

Sur le chemin du retour vers le nord, ils ont glissé à l'intérieur de mes jambes.

Sur mes genoux à nouveau, ils ont soulevé mes jambes pour que mes pieds soient à plat sur le lit, me faisant me sentir nue et vulnérable.

Ben avait fait ça assez souvent, généralement avant de tomber sur moi pour me sucer le clito et me baiser avec sa langue.

Mais je ne savais pas à quoi m'attendre maintenant.

CHAPITRE VII

Pendant longtemps, rien ne s'est passé.

Personne ne m'a touché.

Absolument.

Je recommençais à respirer normalement quand un doigt effleura mon clitoris.

J'ai gémi.

«Ne bouge pas, Erika.

La voix de Ben était basse et sérieuse.

Je me suis mordu la lèvre inférieure, étouffant un gémissement.

Je voulais cambrer mon corps vers ce doigt, ressentir à nouveau ce contact intime.

Au lieu de cela, j'ai appuyé ma tête contre l'oreiller, mes muscles se tendant pour garder mon corps immobile.

Mais il était impossible de ne pas réagir lorsqu'un doigt s'enfonçait complètement entre les plis gonflés de ma chatte.

Et puis une main était sur chaque genou, gardant mes jambes écartées alors que d'autres doigts m'exploraient.

Frottement.

Caresser.

En jouant.

Un fort gémissement traversa mes lèvres alors qu'un doigt s'enfonçait en moi.

Ensuite un autre.

Et un autre jusqu'à ce qu'il y ait au moins quatre doigts dedans et dehors, m'ouvrant.

J'étais très sensible après les heures précédentes où Ben et moi avions joué ensemble.

Je voulais les supplier d'arrêter.

Mais cela signifierait aussi la fin de mon fantasme.

Je n'étais pas prêt à jeter l'éponge là-dessus.

Pas encore.

Jusqu'ici ce week-end, nous avions fait toutes les positions standard avec nos propres virages tordus.

Penché sur le lit sur mon ventre avec mes pieds sur le sol, mes mains liées derrière mon dos pendant que Ben me prenait, tirant sur ma tresse comme une laisse.

Le missionnaire avec ses genoux surélevés au-dessus de sa tête, mon corps plié en deux pour que je puisse voir sa grosse bite glisser dans et hors de moi à chaque coup.

Me chevauchant de type cowgirl, encore une fois avec mes mains derrière mon dos.

La cowgirl inversée avec sa bite dans mon cul.

Soixante-neuf avec moi pour que Ben puisse contrôler la profondeur de sa queue dans ma bouche, parfois si profonde qu'elle suffoquait.

Entre ces positions, lorsqu'elle ne dormait pas d'épuisement, elle utilisait des vibrateurs et des godes pour maintenir ses orgasmes.

Il ne me bandait pas les yeux tout le temps, mais quand il le faisait, cela augmentait vraiment l'excitation.

Cela m'a enlevé un autre niveau de contrôle et m'a fait faire confiance à mes autres sens.

Pourtant, malgré l'inconfort que j'avais ressenti en me réveillant après tout ce sexe, j'anticipais la fin de mon fantasme.

Des frissons soudains secouèrent mon corps alors que les caresses constantes des deux hommes me ramenaient au bord.

Puis ils ont soudainement retiré leurs doigts, me laissant vide.

Mon esprit était un peu distrait à l'époque.

Pendant un moment, j'ai cru que j'étais sur un bateau qui se balançait dans l'océan.

Puis j'ai réalisé qu'ils me déplaçaient, rampant sur le lit.

Quelqu'un a brièvement pressé ses lèvres contre les miennes, et j'espérais que c'était Ben.

Ils ont baissé mes bras et enlevé mes attaches.

Les deux hommes ont massé mes bras des doigts aux épaules et dans le dos.

"Mets-toi à genoux et penche-toi en avant."

En obéissant à Ben, je l'ai senti ramper derrière moi et mettre ses jambes de chaque côté des miennes.

Devant moi, il y avait un mur de muscles durs.

Il faisait chaud quand ma joue se pressa contre elle, et deux mains fortes agrippèrent mes épaules, me tenant fermement.

Sous moi, je sentis la pointe douce d'une bite dure me piquer les seins.

"Prends une grande inspiration, salope. C'est tout."

Un gémissement s'échappa lorsque je sentis les doigts de Ben caresser ma chatte par derrière.

Il en a poussé au moins deux à l'intérieur de moi et les a fait tournoyer autour de mon clitoris plusieurs fois avant de les retirer pour frotter mes fluides autour de mon cul.

Je gémis à nouveau, mordant ma lèvre alors qu'il pressait un doigt à l'intérieur de moi jusqu'à la deuxième phalange.

J'ai dû me tendre parce que je l'ai entendu soupirer.

Son expiration était suffisamment profonde pour me frotter le dos, me faisant frissonner.

"Je fais ça pour toi, Erika. Sois une bonne fille et coopère."

J'ai relâché mon propre souffle et j'ai essayé de faire ce qu'il me demandait.

J'étais un groupe nerveux qui était devenu fou et ne savais plus quoi faire.

Cela m'a aidé lorsque notre invité m'a caressé le dos.

J'ai attrapé ses cuisses, me souvenant que je pouvais utiliser mes mains maintenant.

«Ouvre la bouche, Erika.

Obéissant, je sentis cette douce tête de bite pousser entre mes lèvres.

Il n'est pas allé jusqu'au bout, mais il a quand même frappé de loin.

C'était assez pour occuper mes pensées.

Au moins jusqu'à ce que le doigt de Ben pénètre plus profondément dans mon cul.

Ben a continué à appuyer doucement, en le tirant de temps en temps et en ramassant plus de mes fluides et en se frottant contre mon clitoris.

Après avoir glissé son doigt dans mon anus complètement plusieurs fois, il le retira lentement et ajouta un deuxième doigt.

J'ai serré les yeux au point que j'ai vu de petites étoiles dansantes.

Il semblait que chaque fois que nous faisions de l'anal, c'était comme si nous ne l'avions jamais fait auparavant.

N'était-ce pas censé devenir plus facile à mesure que vous le faisiez, comme le sexe normal?

Quand ses doigts ont disparu et qu'il s'est éloigné de moi, l'autre a sorti sa bite de ma bouche.

Après cela, notre invité l'a mis dans ma main et a posé mon front sur sa cuisse.

J'ai entendu le déclic d'un capuchon en plastique, un autre clic et un autre clic à nouveau.

Puis une substance épaisse et froide a recouvert mon cul.

Ben l'étale avant de remettre ses doigts en moi.

Encore quelques coups, puis il s'est retiré une fois de plus.

"Respire profondément, salope. Encore une. Bonne salope."

Le bouchon en plastique s'ouvrit à nouveau et il y eut plus de bruits de glissement: le lubrifiant de la bouteille et lui enduisant sa bite avec le lubrifiant, très probablement.

Il pressa une main contre le bas de mon dos, appuyant vers le bas.

Il a ensuite dit:

"Restez immobile".

J'ai réussi à écarter mes genoux sous moi, me penchant un peu plus.

Notre invité a glissé ses mains sous moi et a caressé mes seins.

J'étais reconnaissant pour la distraction quand Ben a choisi ce moment pour presser le bout de sa bite dans mon cul.

CHAPITRE VIII

J'ai haleté, je me suis souvenu de respirer et j'ai relâché la prise du coq dans ma main quand j'ai entendu son propriétaire gémir.

Je ne savais pas si je l'avais blessé ou si j'étais excitée en regardant Ben me pénétrer le cul.

Je me redressai légèrement lorsque Ben se glissa sous moi, appuyant plus fort contre mon entrée arrière.

Nous avons poussé un soupir collectif alors que mon sphincter se détendait, permettant à la pointe de glisser vers l'intérieur.

Aucun de nous n'a bougé pendant un moment, pourtant notre invité tenait toujours mes seins et Ben a saisi mes hanches maintenant.

«Puis-je continuer, Erika?

Je déglutis et laissai échapper un souffle tremblant.

"Oui Maître."

Pendant les deux minutes suivantes, il se glissa plus profondément, sortant un peu entre chaque poussée.

Lorsqu'il était complètement assis à l'intérieur de moi, ses doigts massaient mes hanches.

Je me suis déplacé contre lui pendant un moment pour m'habituer à l'invasion.

«Tu as un si beau cul, Erika. Tu devrais voir à quel point mon pénis est merveilleux.

Mon halètement a été coupé quand ma tête a été poussée vers le bas sur la bite de l'étranger.

Ben a choisi ce moment pour bouger.

Puis il a poussé par derrière pendant que je suçais la tige lancinante qui était forcée dans ma bouche par le bas.

Je n'ai aucune idée de combien de temps Ben m'a baisé dans le cul et j'ai fait une pipe à notre invité.

Je pense que Ben est celui qui a attrapé ma tresse parce que ma tête était en arrière.

Mais en même temps, notre invité a gardé la tête immobile et a mis sa bite dans ma bouche.

C'était comme un bras de fer sanglant, et j'étais la corde qui était poussée et tirée d'un côté à l'autre.

Mais j'ai bien aimé.

La seule chose qui aurait amélioré les choses, c'est si Ben avait été dans ma chatte.

Mais le soumis ne peut pas choisir.

À un moment donné, j'ai réalisé que les deux hommes étaient encore partis.

Ils m'ont aidé à me mettre debout, me déplaçant pour que je ne sois plus à genoux mais assis sur les genoux de Ben.

C'était une sensation très étrange d'avoir sa bite encore enfouie en moi quand il s'est couché, me tirant avec lui pour que je sois sur son ventre.

C'était inconfortable, mais mon corps avait envie de quelque chose de plus.

Les mains de Ben ont remplacé celles de nos invités sur mes seins.

Je me détendis encore plus lorsque son souffle réchauffa mon cou, me calma et ses doigts jouèrent avec mes tétons.

"Erika, tu fais du bon travail." Il m'a embrassé la joue. "Juste un peu plus de salope. Continue de respirer comme ça, quoi qu'il arrive. Andrew sera gentil. Fais-moi confiance."

Ah, maintenant il avait un nom pour le mystérieux invité.

Mais les mots de Ben se sont répétés dans ma tête.

Quelle confiance quoi?

Que ferait-il ...?

Oh!

CHAPITRE IX

Andrew a choisi ce moment pour frotter sa bite contre mon clitoris.

J'ai sauté, et la bite dans mon cul a aussi sauté, ce qui m'a fait haleter.

Andrew passa ses doigts sur mes lèvres, pénétra dans mon vagin puis répandit mes fluides.

A cette époque, j'avais des doutes.

Mais qu'est-ce qui a bien pu lui passer par la tête?

Les fantasmes portent ce nom pour une raison.

Je devrais peut-être leur dire d'arrêter.

Peut-être...

Comme Andrew ne pouvait pas lire dans mes pensées, il a continué le spectacle et a poussé en moi.

Je savais ce que ressentait Ben, pendant le peu de temps qu'il lui fallait pour faire glisser sa bite de 15 cm d'épaisseur en moi.

J'ai gémi.

Andrew mettait plus de temps à entrer, malgré son degré d'humidité.

Et c'était plus gros, m'étirant davantage.

Sans parler de la plénitude de mon estomac d'être plein dans les deux trous.

Une fois qu'il l'a enfoncé dans mes couilles, Andrew s'est arrêté et j'ai senti la chaleur de son corps flotter sur moi, à l'intérieur de moi.

Encore une fois, personne ne bougeait et je me suis lentement habitué à avoir deux bites en moi malgré mes doutes.

Ben n'aurait sûrement pas accepté ça si c'était dangereux ou s'il ne faisait pas confiance à Andrew.

D'un autre côté, être rempli de deux bites et se faire baiser par elles étaient deux histoires différentes.

Peut-être que je pourrais mentir à ce sujet.

Mais je me sentais très bien avec les sensations que cela produisait en moi.

« Si tu ne peux plus le supporter, utilise le mot sûr, salope. Compris ?

J'ai retenu ma respiration pendant un moment, puis j'ai hoché la tête.

Ben m'a pincé le téton.

"Dis-le."

Je hurle.

« Oui monsieur, je comprends.

"Bonne salope. Maintenant, essaie de te détendre et de le sentir."

Sur ce, Ben relâcha ma poitrine pour attraper mon menton et pencher mon visage loin du sien, le tenant en place contre son épaule.

Il mordilla mon cou avec ses lèvres, sa langue et ses dents tandis que son autre main s'enroulait autour de mon ventre et me tirait contre lui.

Et puis ses hanches m'ont poussé.

En même temps, Andrew s'est penché en arrière et a commencé à pomper ma chatte.

J'ai crié et attrapé les cuisses de Ben sous moi.

"Merde, tu es tellement paresseux !"

C'étaient les premiers mots que j'avais entendus de la bouche d'Andrew depuis qu'il était entré dans la pièce.

Et ils s'enfonçaient directement dans mon cerveau, comme sa bite dans ma chatte, pour que mon corps réagisse en se resserrant autour de lui.

Il gémit de reconnaissance.

"Quelle bonne pute tu as, Ben. Une pute très puissante."

D'après son accent et le baryton profond dans sa voix, je pouvais dire qu'il était noir.

Ma chatte se serra à nouveau autour de lui et je gémis.

Non seulement Ben avait trouvé un ami de confiance pour réaliser mon fantasme de double pénétration, mais il avait également trouvé un ami noir.

Deux rêves se réalisent en même temps.

J'avais toujours entendu dire que les hommes noirs avaient de plus grosses bites.

Qu'ils étaient de grands amants.

Andrew était juste en train de prouver que les rumeurs étaient vraies.

Mon Dieu, c'était si bon de pomper en moi.

Mais je n'échangerais jamais Ben comme Maître pour aucun homme.

Cela lui appartenait et nous étions tous les deux heureux ensemble.

C'était un processus lent et tortueux pour trouver un bon rythme.

Je ne pense pas que mon corps savait ce qui lui arrivait.

Ben avait déjà utilisé des plugs anaux et des vibrateurs, mais ayant deux vraies bites qui entraient et sortaient de moi dans un timing aussi intime, je ne trouvais pas les mots pour le décrire.

Alors j'ai juste ressenti, comme Ben l'avait commandé.

À un moment donné, j'ai réalisé que quelqu'un jouait à nouveau avec mes seins.

Cela devait être Andrew parce que quelqu'un d'autre m'attrapait les hanches maintenant, et c'était probablement Ben parce qu'il pompait plus furieusement sous moi.

Puis ils ont relâché mes seins et soudain mes jambes ont explosé.

Andrew les tenait immobiles avec ses mains sous l'arrière des cuisses, juste au-dessus des genoux.

Ben prit le relais et caressa mes seins, serrant et caressant comme lui seul savait le faire.

En moi, je l'avais réduit à une poussée langoureuse, mais Andrew accéléra son rythme.

En fait, elle pouvait sentir leurs queues se frotter l'une contre l'autre à travers la fine membrane qui séparait les cavités qui les recouvraient.

"Aimez-vous cette Erika? Est-ce ce que vous attendiez?"

"Oh oui monsieur."

Maintenant, je pleurais du plaisir qui me parcourait.

"Frotte ton clitoris, bébé."

J'ai sangloté dès que mes doigts ont touché ma bosse hyper-sensibilisée.

Quand j'ai aussi touché la bite dure d'Andrew, quelque chose a déclenché un flot d'émotions et de sentiments qui ont commencé petit, mais ont grondé à travers moi jusqu'à ce que je tremblais violemment et criais des mots sales au hasard.

Les deux hommes sont venus à l'intérieur de moi alors que je titubais du précipice du plaisir et de la douleur.

Je me suis retourné après qu'ils se soient dégagés de moi, enroulant ses bras autour de moi alors que je me roulais en boule.

Je faisais ça parfois quand j'étais avec Ben et que nous nous étions trop rapprochés du bord.

Mais Ben savait qu'il ne devrait pas me laisser seul.

C'est maintenant que j'en avais le plus besoin.

Quand j'avais besoin de mon protecteur.

Des bras forts se refermèrent sous et autour de moi, me tirant dans une douce étreinte.

J'ai pleuré pendant que Ben me berçait, ses mains relaxant ma peau et me calmant.

Le poids sur le lit a changé.

J'entendais à peine les bruits d'Andrew se nettoyant dans la salle de bain attenante avant de m'habiller.

Les chuchotements de Ben ont rempli ma tête à la place.

Puis au loin, j'ai entendu la porte s'ouvrir et se fermer.

Les derniers mots que j'ai entendus avant de m'endormir étaient:

«Je suis très fier de toi, Erika.

CHAPITRE X

Quand je me suis réveillé, la pièce était sombre, le bandage avait disparu et mon corps rassasié était très endolori.

Ben me tenait encore comme une cuillère contre lui.

Ses bras et une couverture s'enroulèrent autour de moi alors qu'il caressait doucement mes cheveux et les retirait de mon visage.

"Bienvenue, salope." Il a embrassé ma tempe. "C'était incroyable. Vous avez aimé?"

J'ai frissonné et j'ai souri.

"Merci monsieur. J'ai vraiment apprécié."

"Maintenant, je vais devoir commencer à planifier l'un de mes fantasmes après le vôtre."

"Oui monsieur. Quoi qu'il en soit, ce sera ce que vous voulez."

Ben tourna ma tête vers la sienne et m'embrassa profondément sur les lèvres.

"C'est ma bonne chienne"

FIN

47

DÉSIR SEXUEL

49

Mon amour, je veux que tu t'assoies devant ton ordinateur et que tu montres une image, une pièce visuelle, comme une chatte.

Pas le visage et le corps, juste les genoux pliés et les jambes écartées.

Avec de longs et beaux doigts élégants qui séparent légèrement les lèvres vaginales.

Imaginez que j'entre et m'assois à ce bureau entièrement habillé.

de chaussures en cuir noir à talons hauts, à bout pointu et à talons hauts, de chaque côté de vous.

Vous vous penchez en arrière et souriez et je me penche en arrière en souriant aussi.

Je soulève ma fine robe noire soyeuse et vous voyez qu'il manque ma culotte et que l'éclat de ma moiteur sur ma fente est déjà perceptible.

Vous verrez le bout d'un corset noir auquel sont également attachés les bas.

Je soulève ma robe à deux mains, la passe par-dessus ma tête et vous dévoile le corset en cuir qui ne mesure que quelques centimètres de large.

Mes mamelons sont dressés et hauts tout en dépassant du haut.

Vous vous penchez, mais je suis là pour jouer avec vous et j'utilise mes chaussures pointues pour vous maintenir là où vous êtes.

Je vois une bite qui grossit sensiblement et qui doit sortir de son pantalon et je te demande de la déboutonner.

Je passe ma langue le long de mes lèvres sur toute leur longueur, en souriant, pendant que tu descends ton pantalon.

La tête de votre bite dépasse de votre boxer et elle aussi a un éclat un peu exigeant.

C'est comme ça pour une bonne raison.

Cette vue de ta bite dressée m'excite soudain et je te demande de me lécher.

Vous vous penchez en avant et faites-le, en écartant légèrement mes lèvres pour trouver mon clitoris.

Vous le prenez en bouche, donc ça dépasse un peu plus.

J'avais juste besoin de ce contact de ta langue pour me faire avancer.

Pendant que je me mets à l'aise, je vous demande de prendre votre bite dans votre autre main et de la caresser légèrement.

Vous le faites, mais je peux vous dire qu'il vous en faut plus, ce n'est pas suffisant.

Je t'oblige à te mettre à genoux pour te prendre à fond dans ma bouche, en alternant les léchages de la base vers le haut, du haut vers le bas et en remontant jusqu'aux couilles, en léchant l'intérieur de l'entrejambe.

Vous aimez ce que vous voyez quand je suis à genoux, mon cul est aussi fin que quelques centimètres de large et mon anus est serré et invitant.

Je me relève parce que je m'approche trop près de l'orgasme.

Je te mets debout et ton pantalon descend jusqu'à tes genoux.

Vous avez toujours vos chaussures, votre cravate toujours nouée mais votre chemise déboutonnée jusqu'en bas.

J'aime avoir besoin de voir autant de ta peau que possible.

Maintenant que vous êtes debout, je vous demande de me tourner le dos .

Puissiez-vous ouvrir suffisamment vos jambes pour que je puisse m'agenouiller derrière vous.

Ma langue lèche tes jambes, lèche tes couilles et même la fente de ton cul, lèche et fait tournoyer ma langue autour de ton anus.

Je sors un vibromasseur de mon sac et me demande si je peux l'utiliser sur toi, mais avant que tu répondes, je le mets contre ta peau.

Avec ma bouche, j'ai laissé de la salive partout sur ton cul pour que tout soit lubrifié.

Je le mets à basse vitesse et je le passe sur tes couilles et entre tes couilles et ton trou du cul.

Mon autre main passe entre tes jambes et attrape ta bite, la caresse et l'attise.

Le vibromasseur fait du bien dans ton cul.

Je le pose à côté de ton anus et glisse un des deux embouts, le plus fin, qui est aussi mon préféré.

Cela glisse et je place l'autre pointe plus vers le centre, derrière vos couilles, encore une fois, en regardant comment la sensation vous amène à un autre niveau.

Vos mains agrippent le bureau et vos yeux sont fermés, cédant à tout ce que je veux faire.

Mais je reste comme ça, à caresser un peu tout en laissant le buzz vous faire vous demander ce qui va se passer ensuite.

Je m'arrête brusquement et vous dis de vous retourner.

Vous le faites et votre visage rougit.

Vous appréciiez vraiment cela et vous vous rapprochiez de l'état que vous souhaitiez.

Mais je préfère ralentir pour te ramener à ma bouche.

J'ai chaud comme l'enfer et je perds un peu le contrôle.

Alors je te fais rasseoir et je m'agenouille devant toi et te demande de te caresser, mais lentement.

"Caresse-toi mon amour."

Alors que je m'agenouille devant toi et m'appuie sur mes talons.

J'allume le vibromasseur et le frotte à l'extérieur de mon vagin, sur le clitoris.

Cela me prend moins d'une seconde pour atteindre l'orgasme.

J'ai les jambes et les genoux écartés et je penche la tête en arrière, écartant ma chatte avec mes mains, voulant que vous voyiez bouger les muscles de mon orgasme.

Je tiens le vibromasseur jusqu'à ce que j'aie fini et que mon propre jus déborde.

Je te regarde et tu te masturbes en augmentant le rythme.

Votre rythme s'est accéléré et c'est tellement excitant que je suis à genoux, vous suppliant de jouir sur tout mon visage et ma poitrine.

Et oui, certainement, c'est comme ça qu'on procède.

Je vois comment les jets de ton lait sortent vers moi.

Mais vous finissez par gicler sur l'écran de l'ordinateur et sur le clavier

Nous nous disons au revoir jusqu'à une autre fois et vous éteignez la webcam.

BIENVENUE HUMIDITÉ

55

Glenn rentre à la maison après une dure journée de travail et laisse sa mallette et son manteau près de la porte.

Il trouve la maison inhabituellement calme mais n'y prête pas beaucoup d'attention et se dirige vers la chambre.

En montant les escaliers, il sent le merveilleux arôme du parfum de son épouse bien-aimée Susan.

Lorsqu'il atteint le palier, il entend de faibles sons de musique s'échapper faiblement par la porte de sa chambre.

S'assurant de ne faire aucun bruit, il ouvre lentement la porte.

« Suzanne ? Dit-il d'une voix masculine plutôt grave.

Alors que la porte s'ouvre de plus en plus grand, la vue de son corps nu allongé sur le lit le fait frissonner.

"Oui bébé." dit-elle d'une voix sensuelle.

Il commence à marcher vers le lit, mais elle lui dit d'arrêter.

Perplexe, il fait ce qu'on lui dit, sachant qu'elle a quelque chose en tête.

Elle sort du lit.

Son corps bouge avec une grande grâce.

Il ne peut s'empêcher d'être fixé sur sa délicieuse poitrine qui bouge légèrement alors qu'elle se dirige vers lui.

Il sent sa bite se durcir au fur et à mesure que ses pensées le traversent "Elle est tellement belle".

Elle tend les mains et défait sa ceinture.

Son pantalon aussi, il le déboutonne et le baisse.

Cela le fait trembler d'excitation.

Comme elle le voit si excité, elle sourit et baisse son boxer avec un besoin affamé de sucer son membre dur.

Elle pose doucement ses mains sur sa queue désormais dressée, la caressant lentement.

Il tire ensuite la langue et lèche la tête avant de la mettre dans sa bouche.

Il gémit alors qu'elle commence à sucer sa bite dure.

Le faire entrer et sortir de sa bouche de plus en plus vite.

Puis il revient lentement à un rythme lent et fait tourner sa langue autour de la tête tout en la caressant avec sa main.

Il gémit tandis que sa main caresse la tête rose de sa queue.

Puis elle lui lèche les couilles jusqu'au bout de sa queue.

Elle le sort de sa bouche et se lève pour l'embrasser passionnément tout en lui retirant sa chemise.

Il l'entoure de ses bras chauds, la rapprochant de lui, sentant ses seins pressés contre sa poitrine.

Pendant qu'ils s'embrassent, ses mains parcourent son corps, sentant sa peau douce sous ses doigts.

Ses mains passent sur ses fesses et il les serre fort.

Il la soulève par les fesses en enroulant ses jambes autour de sa taille et se dirige vers le lit.

Il la couche doucement et se déplace sur elle.

Il l'embrasse profondément jusqu'au cou et à la poitrine.

Il lèche lentement son sein droit en se rapprochant de son mamelon maintenant dressé.

Il place son téton dans sa bouche et le suce en le mordant doucement.

Passant à l'autre sein, il se penche et commence à lui frotter le clitoris, la faisant accélérer sa respiration et commencer à gémir légèrement.

Il frotte plus vite en lui embrassant le ventre en se concentrant sur son nombril.

Elle se sent très mouillée et sa respiration s'accélère.

Il embrasse son joli monticule puis remplace ses doigts par sa langue.

Sucer et mordre doucement son clitoris.

Cela l'envoie sur une vague de plaisir, en gémissant.

Ensuite, elle insère un doigt qui passe devant les lèvres gonflées de sa chatte et dans cet endroit secret et glissant.

Il fait glisser lentement son doigt vers l'intérieur et l'extérieur, puis insère rapidement un autre doigt pendant qu'elle gémit.

Il continue de se concentrer sur la succion de son clitoris pendant que ses doigts touchent précieusement cet endroit spécial en elle qui, il le sait, la rend absolument folle.

Elle gémit bruyamment et ressent une sensation de picotement depuis sa jambe droite vers le haut et autour de son corps jusqu'à sa jambe gauche.

"Oh bébé!" elle gémit, "C'est si bon !"

Glenn sait que s'il continue comme ça, elle va certainement dépasser les limites, alors il ralentit et l'embrasse en retour pour lui dévorer la bouche.

Ils partagent un baiser passionné.

Leurs langues dansent ensemble.

Retirant ses doigts de sa chatte désormais trempée, il commence à lui masser le sein droit.

Ses gémissements réprimés par les baisers.

Le baiser se rompt et elle lui murmure à l'oreille :

"J'ai besoin de toi en moi, bébé."

La mention de sa bite dure glissant dans la chatte humide de son amant le fait grogner de désir et il se déplace sur elle.

En écartant les jambes avec ses hanches, il se positionne pour la pénétrer.

En jouant avec, il insère juste la tête puis se retire lentement.

"S'il te plaît, donne-moi tout." Elle le supplie, mais il l'emporte et suit le rythme du jeu, insérant uniquement le bout et le retirant lorsqu'elle commence à gémir.

Finalement, à un moment inattendu, il enfonce son membre dur jusqu'au bout pour la faire crier.

Il commence à entrer et sortir lentement d'elle avec des mouvements longs et durs.

Il commence à caresser plus fort et plus vite en tirant sur ses fesses pour une pénétration plus profonde.

"Oh mon Dieu, tu te sens si bien en moi. Je t'aime tellement quand tu me baises la chatte."

A cela, il grogne et se retire brusquement.

Il lui fait signe de se retourner et elle le fait rapidement avec un sursaut d'excitation.

Il sait que la pénétrer par derrière est l'une de ses positions préférées et il adore aussi la lui donner de cette façon.

Il insère sa bite en elle et commence à la pousser fort et vite.

Elle gémit bruyamment, lui disant plus fort.

Il adore baiser sa charmante femme, alors il commence à devenir plus dur avec elle.

Son corps et ses couilles tapaient contre son cul désormais rouge.

Elle commence à repousser ses poussées, faisant s'enfoncer sa queue encore plus profondément à l'intérieur.

Ils gémissent tous les deux de plaisir.

"Oh, je vais jouir, bébé. Es-tu prêt pour mon sperme ?"

"Oh oui bébé, je vais jouir aussi."

Encore quelques coups et Susan crie de plaisir et son corps commence à trembler alors que son orgasme la submerge.

Glenn sent les parois de sa chatte commencer à traire sa bite et il n'en peut plus.

En grognant son nom, il tire son sperme chaud au fond de sa chatte désormais crémeuse et humide.

Susan, épuisée par son explosion, se repose sur ses coudes alors qu'elle le sent lui injecter encore quelques jets de sperme.

Satisfait et essayant de ne pas tomber sur elle, il se retire lentement de sa chatte et l'attrape par la taille, la tirant sur le lit avec lui.

Ils se regardent dans les yeux, tous deux assombris par les puissants orgasmes qui venaient de traverser leur corps quelques secondes auparavant .

Une satisfaction de connaissance mutuelle persiste dans la pièce alors que les deux s'endorment dans les bras l'un de l'autre.

HABILLÉ POUR L'OCCASION

61

Le silence de la nuit l'entourait, pressant sur elle de sa sérénité, essayant de calmer son anxiété.

Cependant, cela ne parvenait pas à la calmer.

Des sentiments débridés auxquels elle n'était pas habituée et qu'elle n'avait jamais ressentis auparavant envahirent son corps, la rendant nerveuse.

Ses talons claquaient doucement le long du chemin pavé alors qu'elle levait les yeux vers le ciel.

Pourquoi tu y vas ce soir ?

Pourquoi s'était-elle habillée de cette façon ?

Elle pouvait sentir le pouvoir que son regard avait sur elle.

Elle soupira et laissa son esprit cesser de penser aux événements qui pourraient survenir ce soir.

* * *

C'était comme si tous les regards étaient rivés sur elle lorsqu'elle entra dans le magasin.

Ses talons aiguilles claquèrent contre le parquet alors qu'elle traversait la piste de danse et s'approchait du bar.

La jupe de sa tenue rouge et noire se balançait d'un côté à l'autre à chaque pas, la bande rouge coulant jusqu'à son genou tandis que la bande noire reposait à quelques centimètres au-dessus.

Le chemisier pendait librement sur ses épaules, le long de sa poitrine, rebondissant juste assez pour attirer l'attention à chaque pas qu'elle faisait et montrant une quantité généreuse de peau.

Et sans soutien-gorge.

Elle savait à quoi elle ressemblait dans cette tenue.

Elle ressemblait à une salope.

Elle avait terminé le look avec un tour de cou en dentelle noire autour du cou et juste une touche de rouge à lèvres.

Il s'assit entre un homme et une femme et sourit au serveur.

"Bonjour James."

"Samy. C'est bon de te revoir." Il laissa ses yeux glisser lentement sur son visage et ses seins. "Très bien, en fait. Et à qui s'adresse cette occasion ?"

Elle secoua la tête et sourit, faisant tomber une mèche de boucles sur son oreille.

"Il n'y a aucune occasion. J'avais juste envie de m'habiller comme ça."

Il tendit la main par-dessus le bar et plaça la boucle derrière son oreille.

Ses doigts effleurèrent le côté de sa joue et elle oublia presque comment respirer.

"Tu devrais t'habiller comme ça plus souvent."

"Peut être que je le ferais."

"Je vais quitter le travail ce soir vers onze heures. Voudrais-tu danser après ?"

Elle hocha lentement la tête, incapable de détacher son regard du sien.

Avec une précision très lente, il se pencha au-dessus du bar et approcha ses lèvres des siennes, approfondissant le baiser juste assez pour lui donner envie de plus avant de s'éloigner.

"Environ vingt minutes."

* * *

Ces vingt minutes n'avaient jamais paru plus longues dans la vie de Samy.

Elle observait tout autour d'elle tout le temps, consciente de chaque mouvement qu'il faisait sans même le regarder.

C'était comme si ses sens étaient en harmonie avec son corps, mais elle sursauta quand même lorsqu'il la toucha à l'arrière de l'épaule.

Il avait déboutonné le col de sa chemise noire et lui souriait en lui tendant la main.

"Je pense que tu me dois une danse."

Lorsqu'elle posa sa main dans la sienne, ce fut comme si une petite décharge électrique traversait son corps.

Il sourit en la conduisant vers un coin de la piste de danse, puis la rapprocha de son corps tandis que la chanson changeait.

C'était lent et séduisant, et ses battements semblaient correspondre à son cœur alors qu'elle se pressait contre lui.

Et juste ainsi, elle était parfaitement consciente des contours durs qui ondulaient contre son corps mou.

Elle glissa ses bras autour de lui, pressant ses mains contre ses douces courbes arrière alors qu'elles se balançaient d'avant en arrière.

Il se pencha et pressa ses lèvres contre les siennes, les écartant doucement et la séduisant avec sa langue.

Sa main glissa plus bas sur son dos, reposant sur sa hanche, glissant assez bas pour caresser une joue de ses fesses alors qu'il tirait le bas de son corps contre le sien.

Elle haleta en sentant à quel point il se pressait contre elle et elle aurait juré l'entendre gémir.

Mais juste au moment où il le faisait, l'autre serveur l'appela et il soupira en baissant la tête en arrière.

"Samy... je reviens tout de suite. Je le jure. N'allez nulle part."

Elle hocha la tête un peu bêtement alors qu'elle s'éloignait de la piste de danse et se dirigeait vers une cabine isolée.

Il regarda James revenir dans le bar et se pencher à nouveau sur lui, parlant à Joseph.

Joseph était le barman remplaçant pour la nuit.

Il prenait toujours le relais lorsque James prenait sa retraite.

Lorsqu'il vit une grande blonde aux longues jambes les rejoindre, il réalisa quelque chose.

Ce n'était pas ce genre de fille.

Je n'avais aucune idée de ce que je faisais.

James était le genre d'homme qui avait toujours n'importe quelle fille disponible, n'importe quelle grande fille blonde et super sexy.

Et elle était petite, brune et latine.

Elle est partie en courant.

Aussi rapidement et silencieusement qu'il le pouvait.

Il se dirigea vers la porte et quand il regarda par-dessus son épaule, il vit la blonde se pencher près de James et passer ses doigts sur son bras.

Elle soupira et secoua la tête tout en poursuivant son chemin.

Ce ne serait pas bien de s'arrêter et d'y réfléchir.

Ses pieds commençaient à lui faire mal à cause de ses talons, alors elle les enleva et s'éloigna du chemin pavé, laissant ses pieds la guider jusqu'au bord de la rivière qu'elle connaissait si bien.

Il a enfoncé ses pieds dans la berge de la rivière et a regardé l'eau pendant un long moment.

"À quoi je pensais?" Elle a finalement murmuré.

"C'est ce que j'aimerais savoir."

Elle a failli crier en se retournant.

James se tenait derrière elle, les bras croisés avec colère et fronçant les sourcils.

Mais le froncement de sourcils fut lentement remplacé par un air de confusion et d'inquiétude.

"Samy, tu pleures. Qu'est-ce qui ne va pas ?"

Elle détourna le regard et traversa la rivière jusqu'à l'autre rive herbeuse.

"Je n'aurais pas dû le faire. Je n'aurais pas dû venir au bar ce soir habillé comme ça. Je n'aurais pas dû penser que j'avais une chance."

"Samy, de quoi tu parles ?"

Il s'approcha et posa sa main sur son épaule.

Elle tremblait, elle avait froid.

Il ôta précipitamment son manteau et le drapa sur ses épaules, se déplaçant derrière elle pour lui frotter les bras.

"Tu étais magnifique là-dedans. Je pense que j'ai oublié comment je devais respirer quand tu es entré."

"J'ai vu les femmes avec qui tu es habituellement. Je ne suis pas comme elles, James. Je ne suis ni élégant ni super sexy. Je ne suis ni blonde, ni grande, ni aux longues jambes, et je n'ai pas un corps parfait."

Comme eux. Je n'ai pas de solution . " Contre ça. Je ne savais même pas ce que je faisais. Termina-t-elle dans un murmure.

"Vraiment ? Tu aurais pu me tromper là-dedans."

Il la tourna vers lui et se pencha en avant, pressant ses lèvres contre son cou.

Elle frémit.

"Ton corps était parfait quand tu m'as pressé contre toi sur cette piste de danse."

Il leva la main et lui prit la poitrine en coupe, traçant le contour de son mamelon à travers son chemisier.

Cela la fit frissonner un peu.

"Ils semblaient vraiment savoir ce qu'ils voulaient faire quand nous nous embrassions et nous serrations l'un contre l'autre."

Il s'est penché sur elle et l'a forcée à s'allonger sur le sol.

"Laisse-moi te montrer, Samy. Laisse-moi te montrer que tu es plus que tu ne le penses."

Ses lèvres glissèrent contre les siennes avant de glisser le long de son cou et sur le fin chemisier qui recouvrait ses seins.

Son souffle se bloqua dans sa gorge alors que ses lèvres trouvèrent d'abord un mamelon puis l'autre, les suçant lentement alors qu'elle se courbait sous son contact.

Ses doigts trouvèrent adroitement l'ourlet de sa chemise et commencèrent à le remonter lentement, taquinant sa peau alors qu'elle se révélait.

Il l'a soulevé au-dessus de ses seins et l'a tenu juste au-dessus d'eux tout en embrassant son sein droit, goûtant sa peau.

Elle gémit lorsque James approcha finalement ses lèvres de la crête de son sein, prenant le mamelon entre ses dents et le tirant doucement avant de le sucer.

Elle gémit encore plus fort alors que sa main commençait à pétrir son autre sein, faisant rouler sa paume sur son mamelon à plusieurs reprises.

"Tu vois?" Il souffla contre sa peau. "Tu es la femme parfaite".

Il commença à l'embrasser en descendant, traçant des cercles autour de son nombril avec sa langue.

James lui sourit alors qu'il attrapait sa jupe et au lieu de la baisser, il la releva.

Le devant se replia et l'instant d'après, il déposait des baisers doux et ludiques le long de son monticule chaud au-dessus de sa culotte.

Elle était déjà mouillée.

Elle pouvait le sentir à travers sa culotte alors qu'il se frottait le nez contre elle.

Elle trembla sous lui et il lui caressa doucement les doigts de haut en bas tout en utilisant ses dents pour faire glisser sa culotte.

Il l'embrassa à nouveau, sans aucune barrière entre ses lèvres et sa chatte.

Il commença à glisser sa langue le long de sa fente et elle gémit, ses hanches se cambrant sauvagement de sorte qu'il enfonça sa langue profondément en elle, la traçant sur son clitoris.

Samy gémit et se cambra contre sa langue, le plaisir la parcourant alors qu'il effleurait ses dents contre son clitoris et glissait un doigt en elle.

"J'ai menti", souffla-t-il contre son clitoris. "Je n'ai pas seulement oublié comment respirer."

James suça doucement son clitoris, son doigt entrant et sortant de son oppression.

"J'ai failli entrer dans mon pantalon juste en te regardant plus tôt."

Ses doigts agrippèrent ses cheveux et il sourit contre sa chatte en glissant un deuxième doigt en elle, passant sa langue sur son clitoris à plusieurs reprises jusqu'à ce que son corps tremble sous sa bouche.

Ses doigts la caressèrent, l'excitant, amenant son corps à réagir jusqu'à ce qu'elle se balance contre sa main et sa langue.

"James," sa voix faiblit presque alors qu'elle se tortillait dans sa main. « S'il vous plaît, ne vous arrêtez pas maintenant !

Ses mots sortirent sur un ton doux et entendu, mais montèrent rapidement en volume alors qu'elle criait de plaisir.

Il mordait doucement son clitoris et le suçait maintenant fort, ses doigts poussant fort en elle pour atteindre son apogée.

Il a lapé son jus avec impatience et lorsque les tremblements de son corps ont ralenti,

Quand il eut fini, il se plaça au-dessus d'elle.

Il sourit et posa son front contre le sien, laissant son corps frôler le sien alors qu'il la regardait dans les yeux.

"Je te l'ai dit, tu es autant une femme qu'eux, sinon plus."

Ses yeux brillèrent de quelque chose qui aurait pu être un doute alors qu'il regardait dans les yeux de James, mais ensuite il laissa ses doigts courir sur sa poitrine et descendre jusqu'au renflement dur de son pantalon.

"Est-ce pour ça que tu as autant de difficultés ?

Parce que je suis une femme comme eux ? »

Ses doigts effleurèrent sa queue de haut en bas, et il ne put retenir le gémissement qui glissa entre ses lèvres.

Cependant, il n'eut aucune chance de répondre car ses lèvres trouvèrent les siennes et toutes ses pensées furent effacées de son esprit.

Ses doigts glissèrent sur sa poitrine et elle commença adroitement à déboutonner sa chemise.

Elle le sortit rapidement de son pantalon et le poussa sur le côté tout en retirant complètement sa chemise.

Le bouton de son pantalon s'ouvrit brusquement et la fermeture éclair glissa presque toute seule.

Elle abaissa suffisamment son pantalon et son boxer pour libérer sa queue et enroula sa petite main autour, la caressant lentement pour qu'il gémisse et se presse avec impatience contre sa main.

Il gémit d'agacement et se leva, enlevant son pantalon et son boxer d'un seul mouvement et se tournant vers elle.

Elle était maintenant à genoux et lui sourit en enroulant à nouveau sa main autour de lui.

Il se pencha sur elle, lui prodiguant de lentes caresses, fermant les yeux.

L'instant suivant, cependant, il les écarta tandis que ses lèvres s'enroulaient autour de sa queue, les déplaçant lentement de haut en bas de son membre dur.

Il posa maintenant ses mains derrière sa tête et commença lentement à la faire entrer et sortir de sa bouche, gémissant alors qu'elle le suçait à chaque mouvement.

Il ne fallut pas longtemps pour que les caresses douces deviennent rapides et courtes, Samy le suçant plus fort à mesure qu'il bougeait la tête rapidement.

Sa main caressait ses couilles, les faisant rouler d'avant en arrière alors que sa bouche se resserrait autour de lui.

Alors qu'elle jouait avec sa langue sur la tête de sa queue, il a explosé dans sa bouche.

Elle déglutit rapidement alors qu'il lui envoyait sa charge, pressant sa bouche et sa gorge contre sa queue, le faisant jouir encore plus fort et avec plus de giclées, jusqu'à ce qu'il finisse par se dépenser.

Elle fit lentement glisser la bite de sa bouche et laissa son regard tomber au sol.

Il tomba à genoux devant elle, posant sa main sur sa joue.

Ils n'étaient qu'à un pas lorsque le doigt de James traça le côté de son visage, plongeant son doigt sous son menton et levant ses yeux vers les siens.

"Nous n'avons pas encore fini."

Sa voix était si basse qu'elle lui fit frissonner le dos alors qu'elle le regardait avec émerveillement.

Il se pencha et pressa ses lèvres contre elle, approfondissant rapidement le baiser.

Alors que sa langue glissait sur ses lèvres, une main glissa derrière elle, la tirant contre lui pour qu'elles soient chair à chair.

Ses tétons se pressèrent joyeusement contre sa poitrine, et sa nouvelle érection se pressa fortement contre ses abdominaux inférieurs.

Elle bougea et frotta lentement son corps contre lui, le faisant gémir tandis que leur baiser devenait fébrile.

Il la rallongea et fit glisser sa jupe sur ses jambes.

Il la regarda un long moment avant de bouger.

Il se pencha à nouveau sur elle et déposa un léger baiser sur son ventre, juste au-dessus de son nombril.

Il sourit contre sa peau chaude et commença à l'embrasser vers le haut, inversant ses actions précédentes.

Ses lèvres taquinèrent à peine ses seins avant de se poser sur son cou et de caresser son rythme cardiaque.

Il palpitait entre ses jambes, son membre se pressant contre sa fente humide alors qu'elle enroulait ses jambes autour de sa taille et il glissait ses bras autour d'elle.

D'un mouvement rapide, James s'assit avec elle sur ses genoux et, si cela était possible, enfonçant encore plus sa queue en elle.

Elle se tortilla un peu et il gémit.

Il l'embrassa jusqu'à atteindre juste en dessous de son oreille et tira doucement sur son lobe.

"Dis-moi, Samy, tu le veux ?"

Son souffle était chaud contre sa peau et elle frissonna.

"Veux-tu que ma grosse bite dure soit enterrée en toi ?"

La réponse de Samy ressemblait presque à un gémissement alors qu'elle se frottait contre lui.

"Oui. S'il te plaît, James, je veux ça depuis..." mais elle s'arrêta rapidement, le rougissement toujours sur ses joues, et détourna le regard.

James n'en avait aucune idée.

Il força son regard vers le sien et posa son érection contre elle.

"Terminez ce que vous disiez."

Elle gémit et ses ongles s'enfoncèrent légèrement dans sa peau.

"Je veux ça depuis que je t'ai rencontré."

"Alors dis-moi à quel point tu le veux."

Ce n'était pas une demande, plutôt une demande alors qu'il glissait ses doigts sur ses seins, pétrissant lentement sa chair.

Il pouvait sentir sa chaleur irradier contre sa queue, et il faisait tout ce qu'il pouvait pour ne pas la jeter et la prendre.

Sa réponse l'a surpris et a brisé toute la maîtrise de soi qu'il utilisait.

"Je n'en veux pas. J'en ai besoin, James."

Ses yeux étaient désormais fixés sur les siens, et il gémit doucement contre sa peau alors qu'elle se serrait plus fort.

"J'en ai tellement besoin, j'en rêve depuis si longtemps. S'il te plaît. J'ai besoin que tu me baises."

Je ne pouvais plus le lui nier.

Après cela, il ne pouvait plus se retenir.

Il la souleva jusqu'à ce que la tête de son sexe soit pressée contre son ouverture, puis la laissa rapidement tomber sur elle.

Ils gémirent tous les deux.

Sa chatte était si serrée autour de sa queue que lorsqu'il commença à la faire bouger de haut en bas sur son membre, sa longueur dure semblait encore plus grande enfermée en elle.

Elle gémit et, utilisant ses jambes comme levier, commença à rebondir sur sa queue.

Ses seins rebondissaient librement contre lui et ses mamelons lui faisaient signe alors qu'il se penchait en avant et commençait à sucer.

Elle gémit et commença à rebondir plus vite sur sa queue, se poussant encore et encore.

Ses lèvres taquinaient ses mamelons, les aspiraient et les suçaient, puis passaient sa langue dessus et les mordillaient alors qu'elle bougeait avec ses rebonds, gémissant contre sa peau, envoyant des vibrations à travers ses morsures.

Sa chatte était si mouillée que l'humidité coulait sur sa queue, et il gémit quand elle serra intentionnellement sa fente autour de lui, le faisant lui résister davantage.

Il les a inclinés tous les deux pour qu'elle soit à nouveau sur le dos sur l'herbe et a commencé à lui marteler fort la bite en elle et en la sortant.

Samy gémit encore plus fort, ses ongles lui ratissant le dos tandis qu'une autre forte poussée la ramenait à son apogée.

Le spasme serré autour de sa queue fit rapidement jouir James aussi et il la frappa encore plus vite, grognant alors que son sperme chaud la remplissait jusqu'à ce qu'il coule sur ses cuisses.

Il tomba sur le côté, haletant.

Il l'attira ensuite vers lui, déposant de doux baisers sur le côté de son visage.

"Maintenant, est-ce qu'il faudra encore cinq ans avant que tu sois assez courageux pour recommencer ?"

Il sourit et embrassa le coin de ses lèvres.

"Jamais, James."

Samy sourit et effleura ses lèvres contre les siennes.

"Bien, parce que je ne pense pas pouvoir garder mes mains loin de toi pendant plus d'un jour ou deux."

Le rire de Samy résonna à travers le lac et James sourit alors qu'il s'asseyait et l'embrassait profondément.

Cela pourrait certainement être le début de quelque chose de très intéressant.